una

enfurecida

Una infancia enfurecida

Imagen cubierta
Sin título
Óleo sobre tabla (1999). Eve-Maria Zimmermann

Diseño y maquetación
Yurena Cabrera Vera

LeCanarien ediciones
Ctra. Gral. La Perdoma, 143
La Orotava - S/C de Tenerife
www.lecanarienediciones.com
686 186 730

Primera edición
Santa Cruz de Tenerife, noviembre 2025

ISBN: 979-13-87771-08-9
DL: TF 689-2025

una INFANCIA enfurecida

María N.
Quiles del
Castillo

A Sebastián, con gratitud

A Marco, por escuchar mis historias

A Marina, siempre

Nunca pensé que en la felicidad hubiera tanta tristeza.
Mario Benedetti

Una vida de cuento no es una vida, es un cuento.
Belén Lorenzo

Índice

Prólogo

Escribió Antoine Saint-Exupéry que "todas las personas mayores fueron niños, aunque pocas lo recuerdan". No es el caso de María Quiles. Para ella la infancia es su patria emocional. Un basto territorio horadado de pasadizos y asombros. Bajo cielos luminosos o al socaire de las sombras, la autora pone en marcha un tiempo detenido. Siempre ha estado a su lado o en sus recónditos pasadizos y lo vuelve presente desde una incursión honesta. Para ello, rescata historias con la precisión de una arqueóloga que analiza cada sustrato sin descolocar una pieza. Es la autora adulta que regresa al escenario de su niñez y adolescencia. Y, desde ese retorno consciente, y a la vez, furtivo, draga en su mundo para comprender la historia que la explica. No es un regreso a Ítaca. Es la inmersión en un territorio emocional donde todo era a estrenar. La música de la lluvia, el roce con el oleaje, las peripecias por huertas, calles y patios. La familia y sus fantasmas, los amigos o el amor escurridizo. Las aristas del dolor, los barrancos de la soledad, las sorpresas del camino, la contrariedad de los deseos, la fe en la esperanza, la lucha como juego y arma de futuro. Las palabras como ventanas que se abren a lo ignoto y maravilloso. A las candilejas y a la infinitud que se abre en cada curva del camino.

Una infancia enfurecida es más que un conjunto de treinta relatos. La autora regresa a su paraíso para cartografiar la piel de la memoria que conserva con papel de celofán. Lo desenvuelve con delicadeza y el lector lo visita en tiempo real. Siempre, desde un extenso y poblado presente de infancia y juventud. No es una revisión o un ajuste de cuentas. María Quiles nos conduce con su lenguaje lírico, preciso, bello o contundente, a un territorio común. Aquel en el que nacimos al mundo y el mundo se quedó a vivir en nuestro interior.

Quizá tenga algo de *El caminante*, ese cuadro de Caspar David Friedrich, donde un viajero, desde lo alto de una montaña, contempla un paisaje de picos y cumbres cubierto por un mar de nubes. Pero lejos de ser una mirada distante, nos acerca al interior de ese valle donde todo era posible. No como relato autobiográfico. Es un recorrido que la autora recrea desde el prisma literario. Ahonda con recursos estilísticos que devienen de su bagaje y devenir lector. Además de su participación en cursos y seminarios de creación literaria. Sin obviar su formación académica en Psicología Social. Insaciable devoradora de libros, le permite cimentar la hondura de cada relato. Los hechos, circunstancias, historias, personajes, recorren sus páginas desde la honestidad creativa y literaria. Por lo tanto, la seducción de sus textos no se encuentra solo en su origen personal o memorias, sino en la recreación estilística que nos conduce a un mundo que compartimos. Y lo hace por los caminos emocionales que construye desde la luz y los claroscuros de las palabras, el pensamiento y el trabajo artístico. Una imprescindible voz propia que dota a *Una infancia enfurecida* en un sólido libro que abre senderos por los que el lector transita y lo lleva a su propio territorio de infancia y adolescencia. Curiosamente, la suma de décadas son pasos que nos acercan a nuestro primigenio encuentro con la vida en una constante pendular.

La culpa es el relato que nos abre las puertas al mundo por el que viajaremos. Un nombre, Azucena, es el hilo de Ariadna que inicia el recorrido lector hasta el cierre con *El velatorio*. La amistad como vínculo y ruta de navegación. En medio, un andar y descubrir pasadizos, rincones, esquinas, solares vacíos, casas nuevas y viejas, vivencias, dichas o penas de este universo vital y literario. Evocador y doliente. Tierno y vital. Mapa de la felicidad y derrotero de algún infierno. La seducción de las historias en lo qué cuentan, pero sobre todo, cómo la autora lo narra. La solidez del lenguaje, el juego de las palabras, la viveza de las imágenes, los aromas que van y vienen. Lo que la palabra alcanza y lo que subyace en los estratos que colmatan el alma y la memoria. La nostalgia como paraíso. En versos del poema *El patio* de Jorge Luis Borges, "Grato es vivir en la amistad oscura / de un zaguán, de una parra y un aljibe".

Un cosmos rural y universal donde María Quiles atrapa, en primera persona, la voz coral de los que habitan su mundo: vivos o ausentes. Hombres y mujeres, niños y adolescentes queriendo andar por la tela de araña que tejen sin saber que permanecerán colgados en los hilos del tiempo. Esos que ella tensa entre línea y línea. Y, en el silencio de las páginas, murmuran vidas, revelan secretos, acunan sueños, supuran miedos, dolor o delinean ilusiones. Y en el que los lectores se quedarán atrapados.

Como escribe la autora, ante la realidad cotidiana, anodina o sobresaltada, "creé un mundo alternativo, más amable. Con cielos anaranjados y abuelos de mar y nieve".

Felicidad Batista

Despedida y cierre

Hoy cumplo 65 años. Termino mi última clase y los aplausos de los alumnos atronan en el aula. Las lágrimas son inevitables. Me abrazan, me agradecen, me desean feliz futuro. Y así acaban 40 años de mi vida.

Una luz cegadora, un parpadeo y la negrura. Eso fue la vida. Desde mis relucientes 18 años cuando dejé atrás un pueblo asfixiante, hasta ahora en esta ciudad con sus velos de lluvia, sus iglesias acusando al cielo y su rancia historia, la vida pasó y no lo vi venir. Aquí, en esta ciudad donde he sido tan feliz, me hice adulta y fui libre. Aquí mis sueños se vistieron de realidad.

Ahora que soy madre sé que no fui una hija fácil. Ahora estoy en el otro lado, tomando cucharadas soperas de karma. Intentado deshacer los nudos enredados de dolor y sufrimiento y volver a trenzarlos con perdón y redención. Allanando el camino. Ese que me lleva, paso a paso, al remanso del río de la vida. Sin escollos, ni remolinos, ni corrientes que me arrastren. Ahí, en la quietud más absoluta. Viendo ponerse el sol de mi vida.

Así que cada vez buceo más en mis años de infancia y adolescencia. Cuando el tiempo era infinito y la vida una amplia avenida llena de recovecos para transitar sin prisas, donde existían solo las risas, la diversión, los juegos. Hasta que vas creciendo y vas incorporando nuevas y tristes experiencias. La vida deja de ser una superproducción de Hollywood, en color y con sonido dolby estéreo para incorporar cine drama en blanco y gris.

La culpa

Antes de que el teléfono deje de sonar sé que algo terrible ha sucedido. De la voz entrecortada de mi hermana gotean palabras inconexas. Solo alcanzo a entender su nombre: "Azucena". Y sé, con la misma certeza de que estoy viva, que ella está muerta. Ella, Azucena marchita que se dejó atrapar en la telaraña de miel en la que la envolvió Andrés. Nunca le perdoné su traición. Ni se la agradecí. El día que cumplí 18 años dejé el pueblo y la sepulté para siempre. Hasta hoy.

La voz de mi hermana es un zumbido monocorde: "¡Se mató! ¡Con veneno! ¡Tienes que venir!". Estoy noqueada como un mal boxeador al que le llueven los golpes y no tiene manos suficientes para cubrirse. Me dejo caer y me pliego como un abanico buscando huir de la pena, de la culpa por negarme a escucharla, ni una sola vez, desde aquel día en que me enteré que se casaba porque iba a ser mamá. El brazo de Andrés marcando su territorio y la sonrisa cínica en la boca dejaban claro que si quería salvarme tendría que hacerlo sola. Tan sola como la dejé a ella aún sabiendo que me necesitaba.

A través de lágrimas inútiles entreveo las casas de Aguas Claras, los lugares familiares, escucho los gritos, las risas de las niñas que fuimos, cuando el mayor de nuestros problemas era ganar algo más de tiempo para estar juntas y soñar con las mujeres que seríamos.

Azucena

La primera vez que la vi me pareció una jirafa asustada oculta detrás de las rejas del jardín. Miraba con la cabeza ladeada y se mordía los cueritos del dedo gordo. Llevaba rebeca todo el año y los brazos fuertemente cruzados para espantar el frío que la helaba por dentro.

Tenía miedo de todo y la tristeza tatuada en la cara. Lo que más temía era la alegría. Las risas la descomponían. Nunca la oí reír a carcajadas y cuando yo lo hacía me tapaba la boca y se persignaba murmurando palabras desconocidas. Éramos tan distintas que nadie entendía que fuéramos amigas. Yo la adoraba. Me contaba historias inauditas. Durante mucho tiempo creí que las inventaba para mí. Que habían salido huyendo de Guinea porque su padre era capataz en una hacienda y había matado a golpes a un negro. Que su madre le ponía algo en la comida a su padre para que no la molestara con sus necesidades animales. Que su hermano la seguía hasta el sótano y la obligaba a bajarse las bragas y estarse muy quieta, casi sin respirar, mientras él iba introduciendo toda clase de cosas en su cuevita. Contaba y contaba sin parar y yo casi la creía porque sus ojos viajaban muy lejos y muy profundo. Tanto, que a veces le preguntaba y no me oía. Esos días fantaseábamos con irnos y no volver. Nunca.

Hicimos un pacto. Lo sellamos una tarde en la azotea de casa. Pinchamos el dedo corazón con un alfiler que robamos de la caja de costura de mamá y los juntamos. Sangre con sangre. Era nuestro secreto. Estudiaríamos para poder ganarnos la vida. No dependeríamos de ningún hombre. Nos cuidaríamos la una a la otra. Al cumplir 18 nos iríamos sin despedirnos de nadie. Yo vivía para ese día. Creía, con la fe ciega de la inocencia, que ella también.

Juntas, como las caras de una misma moneda desde el primer día del colegio hasta el primer curso del instituto. Ahí apareció él. Su perdición. La mía. A cualquier sitio que fuéramos, allí estaba él. Demasiada casualidad: "¿Tú le has avisado?", le preguntaba yo. Ella negaba.

La casa inhabitada

La casa de Azucena era un escaparate para los vecinos. No se vivía en ella. Usaban el sótano para jugar, escondiendo de nuestros ojos maravillados y de nuestras ansias desmedidas las bicicletas lustrosas. La casa brillaba, tanto o más que las bicicletas. Solo se abría de par en par los sábados para la limpieza y para que los vecinos se retorcieran de envidia y asombro ante tanta novedad. La madre vivía detrás de las ventanas, espiando la vida de los otros. Envidiando nuestra mísera y alegre vida. El padre, medio negro, no hablaba con nadie. Cuando la mujer le dejaba entrar en la casa se sentaba a escuchar la radio como quien oye misa. Con recogimiento y emoción.

La casa era para mí un castillo encantado que fui conociendo entre susto y susto. Cuando la madre se ausentaba, Azucena y yo, con el corazón galopando hasta quedarnos sin aire, corríamos hacia una estancia de la casa. Yo con los ojos y la boca abierta me maravillaba de los azulejos del pasillo que parecían chocolate con azúcar glass, las cortinas que caían como cascadas furiosas. La habitación que más me impactaba era el baño. Grande, luminoso, con grifos de plata y oro, una gran bañera, jabones de colores. Olía a violetas. Un sueño. Fuera de la casa, en un pequeño hueco debajo de la escalera, había un cuartucho mínimo, sin luz, con una solitaria taza de váter y una manguera de jardín colgada en un clavo. Ese era el baño que usaba la familia.

Me desconcertaba el sin sentido de esa casa exposición, pero empecé a comprender los ojos desconsolados con que Azucena miraba todo. Por eso creo que se agarró a la primera certeza de su vida, al primer chico que mostró interés por ella. Tiene que ser eso porque él era feo, delgado como un suspiro, usaba tacones que le hacían caminar rígido. Los ojos de un frío color azul y las uñas de los meñiques largas y afiladas. El pelo negro cuervo y una media sonrisa congelada. Se las daba de culto, *Alambrito el poeta*. Así le llamábamos.

El río de la vida

La calle en la que vivíamos era un río largo y sinuoso que desembocaba en el mar. En lugar de peces lo habitaban niños desarrapados y gritones. Los pocos coches que interrumpían nuestros juegos eran orugas gigantes con corazas de madera y grandes ojos abiertos que nos miraban sin pestañear. Bastaba que alguien gritara: "¡Coche!". Y como lapas en las rocas nos pegábamos a la pared hasta que se convertía en un puntito inofensivo. Volvíamos al cauce y el juego se reanudaba hasta el siguiente gusano molesto.

Cuando la oscuridad se acercaba de puntillas, los gritos de las madres quedaban apagados por el brillo de las estrellas. La costumbre era no responder hasta que las voces sonaban desgañitadas y rabiosas. Ahí, o respondías o te esperaba un manotazo que, si te cogía desprevenido, casi lograba que besaras tus pies del impulso que cogía la cabeza al rebotar. En el caso de Azucena era peor. A ella le esperaba la correa de su padre o el palo de la escoba de su madre. Por eso se desencajaba cuando reconocía su nombre en las llamadas. Angustiada preguntaba: "¿Es la primera vez o la segunda?". El detalle era importante porque tenía tres oportunidades. Si no llegaba antes de la tercera llamada, correa o escoba. A veces las dos. Eso lo supe mucho más tarde. En esos momentos me reía de la desesperación con que abandonaba todo y corría, corría hacia su casa. Años después llorábamos juntas al recordarlo y a mí, la culpa, me apretaba la garganta.

Después de la cena, los adultos se sentaban a la puerta de las casas y las palabras cruzaban de un lado al otro como flechas portadoras de mensajes. Unas veces alegres, otras envenenados, pero cuando oíamos: "¡Cuidado que hay ropa tendida!", las antenas se elevaban y giraban buscando sintonizar las noticias. Se apretaba el botón de cámara lenta y con una sincronía que ni ensayando 10 años hubiera salido mejor, tratábamos de descifrar las claves del mensaje. Cada uno tenía un manual distinto y, al final, terminábamos aburridos de tanto esfuerzo inútil y volvíamos a lo nuestro.

Algunas noches, León *el Gasolina,* traía una radio que todos querían manosear y que él protegía con su vida. Nos amenazaba: "¡Fuera o me la llevo! ¡Aquí el único que toca la radio soy yo!". Hasta que no estábamos a varios metros de distancia no la encendía. Cuando la música corría por la calle nosotros, como monos saltarines, peleábamos por ser el centro de atención. Al final siempre había alguna baja y los adultos tomaban partido por uno u otro bando. El conflicto terminaba con la retirada de los ejércitos del campo de batalla entre nalgadas, gritos y llantos.

León no era del pueblo. Llegó unos años antes desde Dios sabe dónde. Su familia era la dueña de la única gasolinera de los alrededores. Llegaron con aires de grandeza. Altaneros. Distantes. Nos miraban como lo que éramos: chiquillos pobres y ruidosos, pero no nos gustaba verlo en sus ojos. Vendían golosinas y tebeos. Alquilaban novelas del oeste. Esa era la única posibilidad de entrar en la casa de Hansel y Grettel, que era su gasolinera. Mi padre era un gran lector y los únicos libros eran las novelitas que traía León. Siempre me ofrecía voluntaria para ir a buscarlas. Con el tiempo, León empezó a dirigirme algún que otro gruñido que pasó a convertirse en miradas de reojo y al final derivó en una mueca ladeada que pretendía ser amable.

A fuerza de vernos nos convertimos en alguien familiar el uno para el otro. Llegó al extremo de dejarme entrar con Azucena. Debíamos dar lástima las dos con los ojos pegados al cristal como moscas porque, de vez en cuando, levantaba la tapa y nos ponía en la mano una pastilla grande y roja. La primera vez tuvo que jurarnos que era un regalo y echarnos a la calle, para que empezáramos a creer en nuestra buena suerte. Buscamos un refugio seguro donde poder abrir la mano y contemplar largamente nuestro tesoro. Nos escondimos en el patio de doña Guadalupe y estuvimos chupando la golosina hasta que nos dolió la lengua y se puso roja. Roja como la sangre.

Las ventanas

Cuando no estaba con Azucena me gustaba ir donde el abuelo. Mi abuelo me contaba que cuando el cielo se incendiaba de naranjas y violetas, la Virgen estaba planchando. Me gustaban las tardes sentados al pie de la ventana, unas veces en silencio, viendo la vida pasar, otras oyendo sus historias, atrapada en el mar en calma de sus ojos y la nieve esponjosa de su pelo.

Su cuarto era mi lugar favorito del mundo. A pesar del cuadro tenebroso con las ánimas del purgatorio de rostros desencajados, el fuego del infierno lamiendo sus pies y esas manos extendidas a un cielo inalcanzable que no encontraban asidero.

Los otros niños me atemorizaban con sus gritos y sus embrutecidos juegos. Cada tarde al volver del colegio empezaba la danza de huida. Recorría el laberinto de habitaciones esquivándoles, haciéndome pequeña, casi sin respirar. Siempre me cazaban.

Por la noche era peor. El zaguán que había que recorrer para ir al baño era largo, rodeado de grandes ventanales y con el interruptor de la luz muy alto para mi estatura. Así que intentaba aguantar hasta que el río de orina amenazaba con desbordarse. Para complicar un poco más las cosas, las ramas del jardín arañaban el cristal con uñas afiladas y el miedo me subía espalda arriba sin control.

Mis primos surgían de detrás de cualquiera de tantas puertas y mis gritos de pánico reverberaban por los altos techos de madera, seguidos de sus carcajadas maliciosas que me recordaban que no era una más.

Solo el abuelo, su dulzura y el primer libro que tuve en mis manos, me salvaban del sentimiento de rareza. Ese libro me abrió las puertas a otros mundos, a otras vidas, a otras formas de ser.

Como Zezé, el protagonista de *Mi planta de naranja lima*, creé un mundo alternativo, más amable. Con cielos anaranjados y abuelos de mar y nieve.

La viuda bruja

Al otro lado de la calle, por encima de la casa de Azucena, estaba la de doña Guadalupe. La primera televisión fue la suya. Era viuda, sin hijos. La cara de luna llena a punto de estallar. Ojos de pájaro airado detrás de sus gafas salpicadas de suciedad. Era una sombra negra, de pelo gris que nos producía pavor. Cuanto más quería atraernos a su casa más miedo daba. Cuanto mayor era su sonrisa-mueca más rápido corríamos nosotros para alejarnos de ella.

Una chica callada y obediente trabajaba en su casa. Se llamaba Elena. Queríamos a Elena con la misma intensidad con que aborrecíamos a doña Guadalupe. Creíamos firmemente que se la había comprado a sus padres por mucho dinero y que la tenía prisionera y esclava en su casa mazmorra. Elena tenía más o menos nuestra edad, pero nunca jugaba. Apenas salía de la casa. La recuerdo detrás de la ventana riéndose con nuestras travesuras o llevándose las manos a la cara asustada por alguna rodilla sangrante.

Algunas tardes, la viuda mandaba a Elena a la calle a buscarnos con la excusa de invitarnos a merendar y dejarnos ver la tele. Yo siempre le dije a Azucena y a los otros niños que lo que quería era deshacerse de las galletas rancias y el jamón viejo. Tenía mis motivos. Nada más acabar de engullir las sobras viejas de la viuda, Elena, como una aparición, apagaba la tele y nos pedía que nos fuéramos. A doña Guadalupe le dolía la cabeza y tenía que descansar. La bruja de la viuda era para mí, además de una secuestradora de niñas, una envenenadora de gatos y perros desde que nuestro Canelo murió, entre retortijones, después de comer un trozo de carne en su jardín. Nuestro perro tenía buen carácter y aguantaba todo. Hasta el hambre que pasaba en nuestra casa. Por eso a veces, seguía el rastro de cualquier cosa parecida a comida. Eso lo sabía muy bien la vieja bruja y escondía carne, tan vieja como ella, entre las grietas de su jardín. Supimos que algo malo pasaba cuando no vino a recibirnos y algo aún peor cuando le llamábamos haciendo sonar su plato, con promesas de comida, y no respondía.

La rigidez de la muerte nos hizo tambalear. Aquella piedra color mostaza no podía ser nuestro Canelo. La viuda negra le había robado el alma. Mis hermanas y yo lo enterramos con flores y lágrimas. Sobre todo, lágrimas, porque cuando mi madre descubrió lo que estábamos haciendo nos castigó tan duramente que solo pensarlo duele.

El cine

Nos pasábamos la semana soñando con el domingo. Con el cine de las 4 que nos llevaba a la antigua Roma, a los mares del Caribe, al oeste americano… el piso de madera vibrando cuando cientos de pies diminutos golpeaban al compás de las palmas para celebrar la llegada de *los buenos*.

Pero ¡ay! antes de eso debía pagar mi tributo semanal: dejar a mi hermano pequeño dormido. Mamá se ponía en modo jefa de la tribu y lanzaba llamaradas por la boca: "¡No vas a ningún sitio hasta que dejes dormido a tu hermano!". Así que yo clavaba furiosa el pie en el balancín de la cuna y mi hermano se convertía en un muñeco de trapo que iba y venía de una barandilla a otra. Entre el mareo y el desmayo se quedaba semi-inconsciente y yo salía lanzada hacia la puerta de la calle y gritaba: "¡Ya se durmió! ¡Me voy!".

Y corría, corría y corría hasta llegar sin aliento y con el corazón acelerado a la prometedora ventanilla. Cuando tenía en las manos ese papelito, unas veces azul, otras naranja o blanco, me ponía a la cola esperando que se abrieran las puertas de ese lugar extraordinario, mágico, que me engulliría durante unas horas para luego regurgitarme de nuevo a la realidad.

Al salir del cine, nos íbamos a los jardines de la casa de los abuelos a imitar las peleas entre los indios y los vaqueros o cualquier otra cosa. Lo más aburrido era ser la chica blanca secuestrada por los indios, allí quieta y callada como una piedra. Así que, al poco rato ya estábamos jugando a otra cosa y cuando venían a rescatarnos no había secuestradas. Bueno, las secuestradas ya eran venteras, médicos o saltaban a la cuerda. Ahí empezaban los gritos, el enfado de los rescatadores y se montaba una buena trifulca. Hasta que se acordaba otro juego y tan amigos.

Al oscurecer se empezaban a oír las voces de las madres, como la llamada a la oración del Almuecín. La madre de Ricardo era una mujer montaña, de voz que retumbaba como el trueno. Cuando aparecía en la balconada de lo alto de la escalera, recordaba al cura en su púlpito amenazándonos con el infierno y con el súper poder que tenía Dios de verlo todo. Aunque apagaras la luz.

La madre de Azucena la llamaba con voz seca. Hasta tres veces. Ahí se acababan las oportunidades. Después de eso ya sabe que irá en volandas hasta la casa. Cogida por la oreja y sobre la punta de los dedos. Como la bailarina de la caja de música que hay en la habitación de la abuela.

Mamá no participa en ese coro de voces disonantes. Mi hermana y yo sabemos, con la certeza de que existen los domingos, que cuando las primeras sombras de la tarde-noche empiezan a caer, tenemos que volver a casa sin excusa alguna. Ni siquiera una herida de flecha o un naufragio que nos arrastre hasta el fondo del mar.

La primera comunión

Ni siquiera el día más importante de nuestra vida, o eso decían nuestros padres, la maestra y cualquier adulto que se cruzara con Azucena y conmigo, pudimos ser felices. Durante semanas, cada tarde después del colegio, íbamos a la iglesia a ensayar la entrada, la colocación en los bancos y el avance camino del altar a recibir el cuerpo de Cristo, en dos filas: la de la izquierda para los niños, la de la derecha para las niñas. Eso nos decían, que a partir de ahora ya podríamos ir al Cielo si nos moríamos y enterradas en el lado correcto del cementerio. No en aquella esquina triste, oculta detrás de una pequeña puerta, donde enterraban a los extranjeros y a cualquier otra persona que no creía en Dios o había llevado una mala vida.

Era todo muy misterioso e incomprensible. Solo sabíamos que ese día vestiríamos de blanco y repartiríamos recordatorios entre los vecinos y conocidos que, a cambio, nos darían algunas monedas para golosinas. Con eso nos quedábamos y asumíamos el resto como un trámite que había que cumplir. Nos pasábamos horas hablando del traje que llevaríamos y de los zapatos nuevos y el librito de nácar y así cada tarde, antes y después del ensayo en la iglesia. Al final, lo único que yo estrené fueron unas sandalias blancas, dos números mayores que mi pie, para que me duraran. Eso dijo mamá, que tenía un riguroso turno de compra de calzado entre todos los hijos. Nos tocaba en años alternos, así que grandes, para que resistan.

Me pasé todo el día pendiente de que no se saliese el algodón, que mamá me puso de relleno, por las rendijas de las sandalias y de no pisar el traje prestado de la prima, bajo amenaza de los peores castigos: "Tienes que cuidar de no mancharlo", "no te sientes de cualquier manera para que no se arrugue" , "lo tenemos que devolver igual que estaba" y así hasta que me dolía la cabeza, los oídos y hasta el estómago. Pero si a mí el vestido me quedaba largo a Azucena le quedaba por encima de los tobillos. Yo pequeña y con el traje casi besando el suelo y ella alta y delgada con las piernas y los calcetines al aire, hacíamos una pareja singular. Más si te comparabas con las niñas que parecían novias en miniatura, sus trajes de tul, sus coronas de flores, sus andares seguros hacia la primera fila de bancos. Nosotras, triste remedo de novias, apenas teníamos que recorrer el pasillo porque nos tocaba sentarnos casi al final.

Estuve todo el tiempo mortificada, no solo por los zapatos y el vestido sino, por evitar morder el cuerpo de Cristo o dejarlo caer accidentalmente. No pasó nada de eso porque se me quedó pegado en el cielo de la boca y allí estuvo bastante tiempo porque también estaba prohibido tocarlo con la lengua o juguetear con él.

Al final de todo esto nos esperaba en la plaza de la Iglesia un desayuno con chocolate y pasteles. Un chocolate negro y espeso. Nada que ver con el agua turbia a la que estaba acostumbrada. Ante ese banquete Azucena y yo dimos por bien empleado todos los sinsabores, incluido el triste disfraz que cada una llevaba y las sonrisas maliciosas de las que vestían ropa de estreno y de su talla.

Por un momento olvidé las advertencias de mamá y su dedo amenazador y me lancé a por una taza de chocolate, que ya estaba desapareciendo de la larga mesa. Al primer sorbo sentí que me ardía el pecho y fueron los ojos espantados de Azucena los que me gritaron que algo malo pasaba: el traje blanco e inmaculado de mi prima ahora tenía una mancha grande y alargada que empezaba en el pecho y bajaba hacia mi ombligo.

La carta

La carta viajó por mar. Una semana y media entre las olas y las corrientes. Unas veces adversas, otras a favor. Le siguieron tres días por tierra, para recorrer apenas cinco kilómetros.

Como siempre, volví del colegio con Azucena dando rodeos para estirar el pueblo diminuto y predecible, para darle algo de emoción y aventura a esa triste monotonía. Busqué a papá en sus rincones habituales. Nada. Silencio. Lo encontré, horas más tarde, detrás de una esquina. Lágrimas gordas y pesadas taladrando el papel. Él, quieto, como fulminado. La tinta emborronada. La tristeza surcando su cara.

El tío, brutal y cruelmente le escribió: "El padre murió hace un mes. Como estás lejos y no tienes dinero para viajar, te aviso ahora. La hermana y yo nos hemos repartido la casa, las tierras y los animales. La presente es para que te des por enterado y no te molestes en venir. Suponiendo que alguien te preste el dinero para el barco".

Recordé al abuelo de ojos verdes y sonrisa cálida. Me contaba cuentos desconocidos con eses, ces y zetas igualmente extrañas. Era una copia de papá, con pelo blanco. Nos veíamos muy de tarde en tarde, sus visitas llenaban la casa y el corazón de papá de alegría, le despejaban la mirada de ese velo de nostalgia que le acompañó siempre.

Ese día, cuando llegó la carta, fue la primera y única vez que le vi llorar. Como un niño perdido. A la deriva. Como ese barco que nunca llegó a coger para despedir a su padre.

El hombre dragón

Me parecía un hombre hecho a sí mismo. Atractivo, pulcro, seguro, pelo entrecano, siempre con esas líneas paralelas en lo alto de la nariz fruncida. Cuarenta y dos años y cinco hijos dentro del matrimonio y otros tantos desperdigados por ahí. Cuando se fue a Venezuela tenía 15 y, la noche anterior, el cura le enseñó a firmar con su nombre. Ya tenía claro que volvería rico y firmaría muchos papeles decisivos en la vida de aquellos que le despreciaban. Y volvió. Se construyó una casa inmensa, llena de habitaciones vacías, conducía el coche más grande y caro y se casó también con una mujer gigante.

Los hijos y los trabajadores le temían. La mujer lo odiaba. Con un odio reconcentrado, rancio, acumulado a lo largo de los años y los desprecios. ¿Y qué era un cacique sin una *querida*? De todos los lugares en que podía ponerle un piso lo hizo a escasos metros de la vivienda familiar. Era un hombre de rutinas: comía con la familia y después recorría caminando la escasa distancia hasta la casa de la amante para hacer la siesta. A la hora de elegirla el tamaño no fue el criterio. Esa mujer era pequeña, poco agraciada, vestía como una beata. Y como una beata se comportaba en público. Cada tarde, con su Biblia, su falda gris descolorido, su blusa de manga larga y un pañuelo anudado al cuello salía, puntualmente, camino de la iglesia. El cura le negaba la comunión y a Azucena y a mí nos amenazaban con el infierno si le hablábamos, le hacíamos los recados o cogíamos las golosinas que nos ofrecía.

Mi padre empezó a trabajar con él temporalmente porque la plaga de langostas arrasó los sembrados de la familia. Igual que los otros trabajadores, intentaba estar fuera de su vista para evitar su mal carácter y sus maneras de capataz negrero. En ese tiempo existía la oportunidad de abrir un instituto en el pueblo. Para eso se necesitaba un número mínimo de alumnos. Yo quería estudiar, pero había dos impedimentos. Uno, en ese momento escaseaba el dinero extra. Solo había lo justo para sobrevivir. Dos, mi hermana, con gran esfuerzo por parte de mis padres, había estudiado en La Laguna. Estudiar no era la palabra exacta. Se gastaba el dinero en alquilar bicicletas y falsificaba las notas. Después de varios años de engaño, mis padres descubrieron que no había terminado el bachillerato.

Esa decepción pesaba, sobre todo, en mi madre. Así que recurrí a mi padre. Él escuchó pacientemente todos mis ruegos y promesas de estudiar duramente si conseguía el dinero para la matricula. Le supliqué que le pidiera el dinero al indiano, después de que él me explicara la imposibilidad de conseguirlo de otra manera. Supongo que para desanimarme y para que lo dejara en paz me dijo: "Vete tú a hablar con él. Si te presta el dinero yo se lo iré devolviendo cada semana de mi salario".

Todavía hoy pienso que ni por un momento creyó que yo iría a esa casa enorme a enfrentarme con ese dragón de ojos de acero. Pero fui. Me veo al pie de la escalera infinita que me llevaría a su guarida. No se sorprendió al verme porque yo era amiga de su hija. Le dije que quería hablar con él. Ahí, sus ojos se entrecerraron y las líneas paralelas de su entrecejo se marcaron aún más. Me hizo pasar al despacho. Él, serio, enigmático, curioso, se sentó en su sillón de madera oscura lleno de figuras talladas. Yo, en la silla de las visitas, diminuta, aterrada, con los pies que no tocaban el suelo. Escuchó en silencio, sin interrumpirme. Cuando acabé me preguntó: "¿Tu padre sabe que estás aquí?". El sí solo salió a medias, el resto se quedó atascado en la garganta junto con las lágrimas que estaba reteniendo desde que llegué. Se puso de pie. Se acercó a mí, me sonrió y me dijo: "Dile a tu padre que venga a verme". Ese hombre que atemorizaba a sus propios hijos, que parecía de piedra, tenía un corazón. O quizás vio en mí el reflejo de ese adolescente que viajó a Venezuela peleando por sus sueños.

La tía Teresa

Me gustaban las tardes de verano. Al ponerse el sol, Azucena volvía a su casa y mi tía y yo, nos sentábamos, en las escaleras del jardín. Las sábanas blancas sobre nuestras piernas. La aguja en una mano y el dedal en la otra. Cosiendo rotos. Sin palabras.

Entre puntada y puntada espiaba su perfil sereno, el pelo recogido en un moño esponjoso con mechones sueltos, los dedos danzando sobre la cascada de tela. Yo suspiraba bajito para no romper el hechizo. Ahora sé que cada agujero recompuesto era una boca sellada, por la que no pudiera escapar su secreto.

Mi tía era un fantasma que rondaba la casa cuando todos dormíamos o fingíamos dormir. Durante el día la abuela la vigilaba con ojos de águila y las noches las compartía conmigo. Nadie me dijo que mi traslado forzoso a su habitación era evitar que ella estuviera sola, pero los interrogatorios de la abuela cada mañana dejaban claro que yo tenía una misión. No sabía cuál, pero la insistencia de mi tía para que me durmiera y sus preparativos antes de irse a la cama me hacían estar alerta. Nos espiábamos mutuamente entre las pestañas y solo me dejaba vencer por el sueño cuando su respiración serena inundaba el cuarto.

Una noche algo me despertó y a tientas me arrastré hasta el baño. Alcancé a ver el vestido blanco de la tía bajando por las escaleras del jardín. La seguí. Llevaba una bandeja cubierta por un mantel inmaculado. Se deslizaba con sigilo. Llegó a la bodega y ante la puerta se retocó el peinado y la ropa después dio dos golpes, silencio, otros dos golpes. La cueva se abrió y un hombre alto y desarrapado la cogió por el cuello y la empujó al interior. Todo temblaba, los objetos de la bandeja, mis piernas, los labios de mi tía mientras él rugía: "¡Puta, cada día llegas más tarde!".

El baile

Vivíamos con estrecheces en una casa pequeña. Faltaba de todo. Menos alegría. Mamá cantaba mientras fregaba los cacharros. A papá le gustaba más silbar machaconamente sus canciones preferidas, coger a mamá por la cintura y deslizarse juntos al compás de la música. Mis hermanas y yo nos empujamos para quitar de su camino cualquier cosa que rompiera el encantamiento. Papá y mamá con sus caras y sus cuerpos pegados, flotando por el pasillo, borran el hambre y la miseria y encienden la vida y los sueños.

Ahí, al país de los sueños huyo yo, cada vez más, desde que la sombra del tío Daniel nubla el sol de mi infancia. Cuando visito la casa de los abuelos ando de puntillas, pero él parece presentirme. Surge grande como un gigante, con sus ojos porcinos y las ventosas de sus manos pegadas a mi cuerpo. Me escabullo por debajo de sus brazos, de un salto bloquea la puerta y su sonrisa llena de dientes engulle toda esperanza.

Más tarde, busco refugio en los brazos de la tía. Le cuento el asco, el miedo. Algo no va bien. Su gesto se tuerce en una mueca, levanta la mano y, en lugar de la caricia consoladora, oigo el chasquido de un bofetón. Su boca escupe la amenaza: "¡Mentirosa, si le repites esto a alguien no vuelves a pisar esta casa!".

No volví más. Sellé mi boca y ni a Azucena se lo conté.

Foto de familia

El jardín de la abuela estalla en mil colores como fuegos artificiales contra el cielo de agosto. Después de meses de espera llegó el día. El fotógrafo, como una percha andante, va descolgando con delicadeza cámaras y filtros. No alcanzo a ver más porque mamá, con la impaciencia de un huracán, me barre de la ventana y me arrastra hasta el baño. Me saca brillo. Odio, sobre todo, el ritual de las orejas que acaba siempre en llanto. Mamá hoy no tiene tiempo para dramas. Hoy no. Hoy, ¡por fin!, tendremos nuestra foto. Papá está tan guapo que tengo que mirarlo muchas veces y, cada vez, patitas de mosca suben y bajan por mi barriga. Esa barriga que hace que mamá estire y estire la rebeca color leche recién ordeñada para disimularla. Pero yo soy un globo rubio de ojos verdes. Así que tampoco puede atarme los zapatos. Mamá se desespera, todavía le quedan dos hijas más que supervisar. La llamarada de rabia que le lanza a papá sobrevuela el oleaje de su pelo sin tocarlo. Él está tan sorprendido como yo admirando la belleza de ese hombre que le mira desde el espejo. Bajamos al jardín con andares de cangrejo. Un paso hacia el deseo, una huida ante el miedo. El fotógrafo nos coloca, uno a uno, como figuritas en el belén. Y, visto y no visto. Se transforma en un insecto de ojo enorme, que nos vigila.

Y, ahí estamos. Todos irreconocibles.

El bar de Matías

Cruzando la calle estaba la casa de comidas de Matías y Marisa. A la entrada, detrás del mostrador, alto y seco con las manos apoyadas en la barra, se situaba Matías. Después de una sucesión de cuartos, al fondo, se encontraba la cocina. Allí, Marisa preparaba los platos del día que luego sus hijas iban repartiendo de mesa en mesa. Entraban y salían de las habitaciones sin regalar palabras ni sonrisas. Sus caderas se movían como el flan que preparaba su madre de postre y que todos los clientes pedían. Los fines de semana, Azucena y yo íbamos a echar una mano limpiando las mesas, pelando huevos duros o secando cubiertos. A cambio, al final de la jornada, nos servía un plato de carne con papas, un bistec empanado o unas arvejas. Aquella recompensa nos subía el ánimo y de remate, cuando íbamos camino de la salida Matías nos llamaba: "Niñas, ¿ya acabaron?", y nos ponía en la palma de la mamá alguna golosina.

Pasaron los años y las hijas se fueron casando y ellos, viejos y solos, no podían atender el negocio. Fueron cerrando las habitaciones y finalmente el comedor. Marisa seguía cocinando las mismas cantidades de siempre en sus calderos de plata, ordenados por tamaños y por número de asas: los de un asa para las salsas y los de dos se distinguían entre los chatos para la carne con papas y los barrigones para el potaje o la sopa. Al final del día ofrecía a los vecinos gran parte de esa comida porque no había clientes para consumirla. Matías permanecía detrás de la barra, ahora sentado en una caja de madera porque las piernas no lo aguantaban. Apenas asomaba la parte alta de su cabeza que era un páramo yermo con una pelusilla asustada.

Nosotras seguíamos yendo cada fin de semana a preguntar si necesitaban ayuda, pero tanto ellos como nosotras sabíamos la respuesta. Un día la casa de comidas amaneció cerrada. Nadie sabía nada sobre el cierre. Durante semanas esperamos que abrieran y volver a limpiar mesas, pelar huevos, secar cubiertos y comer esa comida que para nosotras era un manjar. Azucena y yo cruzábamos la calle y nos sentábamos ante las puertas cegadas recordando los olores, los sabores, los calderos brillantes como espejos que Marisa tenía colgados de la pared, la seriedad de las hijas de caderas temblorosas y las palabras de Matías en cada despedida: "Las espero la próxima semana".

La tía Lucrecia

Los sábados, Azucena y yo hacíamos tareas, cada una por nuestra cuenta. Ella, limpiando la casa a fondo, tanto, que te podías mirar en el espejo de los calderos en la cocina o en los cristales de las ventanas o en los pisos relucientes, que milagrosamente conservaban las vetas cremosas del dibujo. Se movía siguiendo las órdenes estrictas y abusivas de su madre, que solo le dirigía la palabra para corregir hasta el más nimio de los detalles. No importaba que solo fuera una adolescente larga, frágil y asustadiza, con las fuerzas justas para mantenerse en pie, su madre siempre le exigía un poco más. Por mi parte, yo pasaba los sábados en la sala color azul de la casa de la abuela. Allí, la tía Lucrecia hacia la manicura y tenía tanta clientela que había turnos. Las mujeres me daban una propina por guardar su sitio y, en ocasiones, en mí recaía la responsabilidad de hasta cuatro o cinco mujeres en espera. Cuando llegaba una nueva saludaba: "Buenos días, ¿cuántas personas tengo delante?". Yo, muy formalita, decía: "Están María, Carmen, Lucía, Estela y Rosario", y de repente la habitación vacía se poblaba de gente. Aquel lugar, tenía magia para mí. Yo era casi invisible y ellas se sentían libres de cotorrear sobre sus novios, sus maridos y sus preocupaciones femeninas. Aparentaba no oír nada y simulaba jugar o estar distraída, como si aquello no fuera conmigo, pero conectaba la antena y no me perdía detalle: "¿Cómo te va con Sebastián?". "Me duelen los brazos de intentar mantenerlo lejos. Tendrá dos manos, pero parecen diez". Las otras reían y le daban consejos. Las casadas tenían algo más de retranca y compartían sus triquiñuelas para evitar la fogosidad de sus maridos. Eso decían, que eran muy fogosos. A mí la palabra me recordaba las hogueras de San Juan, ese fuego ardiente y alto. Es verdad que, a veces, no entendía nada de lo que decían o ellas reparaban fugazmente en mí y disimulaban, como si la conversación fuera sobre cosas sin importancia. Me gustaba oírlas reír y hablar, casi sin tomarse tiempo para respirar. Me gustaba sentirme parte de su corrillo, como si ya fuera una adulta con novio o marido sobre el que comentar.

Había otra razón por la que la sala azul me parecía mágica, mi tía Lucrecia me regalaba los frascos de pintura cuando quedaba solo un resto en el fondo y ella ya no podía usarlos. Eran de cristal transparente y con unas bolitas metálicas, para evitar que la pintura se apelmazara. Tenían colores que parecían helados de fresa o frambuesa: rosa claro, blanco, rojizos. Cuando terminaba mi tiempo de cubrir turnos, corría a donde Azucena con mis tesoros y nos pintábamos mutuamente las uñas, mientras reproducíamos las conversaciones que había escuchado: "Uff, Sebastián tiene más manos que un pulpo" o "Matías es muy fogoso y no me deja descansar". Y, nos reíamos alto y con mucho ruido.

La tía Lucrecia era la única que no intervenía en las conversaciones, más allá de un sí o un no o cualquier otra palabra corta. Era discreta, serena, la recuerdo siempre con la cabeza inclinada mientras cuidaba de las manos maltratadas por el trabajo de la casa o de la cooperativa de plátanos. Primero, remojarlas para que se ablanden los cueritos, después secarlas suavemente, luego retirar la cutícula con el palito de madera de naranjo, pasar al masaje con la crema y, finalmente, capa de brillo, seguido de la pregunta: "¿Qué color quieres hoy?". Cuando la clienta se decidía la tía Lucrecia, muy seria, me decía: "Alcánzame el rojo mate". En ese momento me sentía importante y allí que me iba a buscar entre tanta variedad de colores, el tono exacto para depositarlo en las manos milagrosas de mi tía. Esa tía que parecía guardar secretos, saber algo que los demás desconocíamos, era distantemente cariñosa. A veces, su cuerpo estaba cerca, pero su cabeza lejos, muy lejos. En algún lugar desconocido, oculto, del que solo ella parecía poseer la llave. Pasaron los años, ella seguía con su rutina de los sábados y alguna que otra salida para hacer la manicura a domicilio. Eso se lo podían permitir solo algunas señoras con dinero. Para esas ocasiones, la tía se preparaba con esmero. Un vestido de punto, blanco y azul, sus zapatos azul marino, que la elevaban varios centímetros del suelo, su pelo rubio y rizado peinado con delicadeza. Siempre me impresionaba ese ritual, porque pasaba de ser esa persona sentada tras la mesa, cubierta con su bata de trabajo, a convertirse en una especie de actriz de cine. El abuelo era de otra opinión y ella, antes de salir de la casa, le oía murmurar algo sobre la desvergüenza y, ya en la calle, veía que los hombres con los que se cruzaba en su camino, la taladraban con sus miradas. La tía Lucrecia, erguida, mirando al frente, con los nudillos blancos de apretar el asa de su maletín, seguía a lo suyo, camino de la casa rica donde podían pagar sus servicios.

Con el tiempo, descubrimos que su sueño era cruzar el mar y empezar otra vida. Una mañana, la casa de los abuelos amaneció llena de gritos y llantos. La tía había dejado una carta diciendo que se iba a Venezuela, que mandaría noticias de vez en cuando, que todo estaba bien, se había casado por poderes con un antiguo novio, había mandado su ajuar por barco y allí le estaría esperando su marido y la aventura en la gran ciudad. Él y su familia eran dueños de una cadena de cines y se moría por mi tía desde que eran muy jóvenes, pero ella no tenía interés por él, un chico poco agraciado, tímido, con apariencia de viejo a pesar de sus escasos años. Antes de cruzar el charco con su familia fue a la casa de los abuelos a despedirse de la tía y a pedirle que le escribiera. La tía solo consintió en recibir sus cartas, pero no se comprometía a responderlas. Durante años llegaron sin desánimo, ella empezó por ignorarlas y luego a desearlas desesperadamente. Los años y el océano acortaron la distancia entre ellos, la correspondencia les permitía mostrarse abiertamente y la tía empezó a añorar su amabilidad, su devoción y hasta los besos que nunca se habían dado. Y mientras las clientas se quejaban de sus novios, de sus maridos, e inventaban evasivas para mantenerlos alejados, ella imaginaba como sería dormir en sus brazos, mirarlo a los ojos o simplemente pasear de la mano por las amplias avenidas de Caracas.

El cura tragón y la abuela traidora

Los domingos se abría el comedor y se sacaba la loza buena, con sus colores cremosos y sus flores delicadas. La cristalería repujada. Vasos para el agua, copas para el vino, vasitos pequeños y delicados, con sus hojas de parra talladas finamente, para el licor.

Calderos al fuego. Toda la familia en jaque, hasta los niños ayudaban. Manteles inmaculados, bordados a mano, servilletas a juego. Un despliegue digno de un rey. Era domingo y allí venía como siempre el cura, orondo y desvergonzado. Con sus andares de dueño y señor. Merecedor de todo este exceso. En una casa donde comíamos en la cocina, por turnos. Primeros los hombres cuando volvían del campo. Después, cuando ellos se habían saciado, las mujeres y los niños. Comíamos de una fuente común, en platos desportillados y cucharas de latón.

El comedor solo se abría para el cura o cuando había algún nacimiento, boda o muerte y había que deslumbrar a los vecinos. Para la familia el comedor era terreno prohibido. La abuela portaba la llave, colgando de su cintura, junto con las del armario, la alacena y cualquier otro mueble o cajón que contuviera algo de valor. Podían ser papeles, dinero o comida. A mí se permitía entrar en el comedor los domingos a llevarle la copita de licor al cura. Él me pasaba esa mano viscosa, de sapo sudado, para agradecerme.

El grosor de la barriga y de los dedos del cura aumentaban de domingo a domingo. Al igual que el rechazo que yo sentía por él. De todo eso hablaba después con Azucena, entre susurros y burlas, sobre el voto de pobreza y la caridad cristiana. Sobre nuestros ojos desconsolados y nuestras barrigas vacías, mientras el cura llenaba su panza de todo aquello que estaba fuera de nuestro alcance. Del abismo entre su discurso y su comportamiento cínico.

Además de la gula, el cura tragón se acostaba cada noche con su cuñada. Y, cada día ella se confesaba y él, desde las tinieblas del confesonario, la absolvía de todo mal. Así, en la rueda continua de hipocresía, cada noche se saltaba el sexto mandamiento y cada siete días un pecado capital.

Cuando la tarde caía, luego de impregnar la casa con el olor agridulce de su perfume y el amargo de su puro, se marchaba con el dorso de su mano al viento, recibiendo los apresurados y efímeros besos de los tíos, los primos y demás familiares. Y así, hasta el próximo odioso y torturante domingo.

La maestra

Azucena y yo estábamos en clases separadas y esperábamos el recreo para volver a estar juntas. Ella es mi refugio, después de unas horas amargas. Mi maestra, desde el primer día me miró raro. Con una cara roja, rabiosa, como si nos conociéramos de mucho tiempo. Empezó por ignorarme, como si solo existiera al pasar lista, cuando llegaba; y "Quédate, estás castigada", algunos días, cuando me iba.

Mis compañeras me decían: "La maestra te tiene ganas, ¿qué hiciste?". Desde hacía semanas me había mandado a sentar al fondo de la clase, en una antigua mesa que se usaba para poner libros viejos, material roto y cosas así. Como quedaba detrás de la puerta, el día que el inspector escolar vino de visita, no me vio al entrar. Doña Macarena me había avisado el día anterior: "Tú, callada. ¡No te atrevas ni a respirar!". No pude evitarlo. Como nadie respondía a la pregunta del inspector, yo me sentí obligada a no defraudarlos a él y a la maestra, así que mi mano no atendió a razones y salió disparada hacia el techo. El inspector se sobresaltó, pero con sonrisa amable me hizo un gesto para que hablara. Me sentía tan orgullosa de mí que no reparé en que los ojos de doña Macarena se cerraban cada vez un poco más, hasta casi convertirse en una rendija. Su sonrisa de despedida al inspector aún permanecía en los labios cuando se volvió, me cogió por la pechera del uniforme y acercando su cara a la mía me escupió: "¿Qué te había dicho yo a ti?". Tímidamente murmuré: "Como nadie decía nada...". ¡Zas! La bofetada que me giró la cara no dolió tanto como mi desconcierto. "¡Si yo te digo que ni respires, tú no respiras!".

Esa tarde a las cuatro me dijo: "¡Te quedas castigada!". Yo la miré con cara de "¿Por qué? ¿Qué hice mal esta vez?". Cuando me quedé sola me dediqué a dar vueltas por el aula vacía; después abrí el armario donde se guardaban las manualidades y me dediqué a quitar los tornillos de los bastidores que mantienen tensos los bordados. Al mío también, para desviar la atención. Deshacer los caballitos de rafia fue más divertido de lo que esperaba. Empecé por las herraduras y acabé por la crin y las orejas. Ya no quedaba nada por desbaratar y el aburrimiento me hacía abrir la boca a todo lo que daba, de tanto en tanto. De repente, me pareció oír la voz de mamá, esa que pone cuando se avecina tormenta, con truenos, relámpagos y granizo gordo, de ese que duele si te acierta.

Mamá le gritaba a la maestra: "¡¿Dónde está mi hija?!". Doña Macarena le dijo: "¡Estará por ahí, haciendo barrabasadas! ¿Cómo va a estar en la escuela a estas horas de la noche?". Mi madre no se rinde tan fácilmente y volvió a subir la voz: "Rencorosa, vengativa, siempre la estás castigando, como si ella tuviera culpa de algo". Me sorprendió que mi madre le hablara en ese tono y que la discusión entre ellas pareciera la de dos mujeres cualquiera. La maestra, desafiante, le dice a mi madre: "Ven a la clase si no me crees". Apenas me dio tiempo de empujar dentro del armario los despojos de los trabajos y sentarme a mi mesa. Apoyé la cabeza sobre los brazos cruzados y dejé que las lágrimas se desbordaran.

Cuando mi madre entró en el aula negra y vacía, ella, que solo me tocaba para castigarme, me abrazó, me acunó y hasta me llamó mi niña. Se volvió hacia la maestra y con una voz desconocida le dijo: "¡Acéptalo! Aunque mates a mi hija, mi hermano no va a volver contigo".

La vergüenza

Uno de los recuerdos más amargos de mi infancia fue el día en que aquellos hombres, como enormes sapos verdes, irrumpieron en la casa. Con sus negros bigotes y sus negras armas. A patadas abrieron las puertas, golpearon los muebles y gritaron, gritaron. Sobre todo, gritaron: "¿Dónde está? ¿Dónde está?". Me escondí detrás de mamá convertida en estatua de sal. La abuela les cortó el paso, alta y maciza como una muralla: "¿Qué quieren?, ¿qué buscan en mi casa?".

El más joven, cargado de arrogancia, cambia la pistola de mano y con la derecha la golpea en la cara con tanta fuerza que le deshace el moño. La abuela desgreñada desata el terror que baja por mis piernas hasta formar un triste charquito. Sello mis ojos para desaparecer o para que desaparezcan ellos.

Les oigo correr por la galería y bajar las escaleras hacia el sótano. En la entrada, con la cueva negra a sus espaldas, está papá fumando su cigarro de la tarde. No sabe que dentro, escondido debajo de los sacos, está el pintor al que buscan. "¡Aquí, mi sargento! ¡Aquí!". Lo sacan a rastras, tiene sangre en la cara y rendición en sus gestos. Al pasar a mi lado guiña el ojo y sonríe para tranquilizarme, pero la angustia me envuelve. Oigo como le chillan a papá: "¡Tú, quieto ahí, muerto de hambre! ¡Ahora volvemos a por ti!". Papá no reacciona. Las mujeres levantan un escudo de faldas temblorosas y entonces él corre, corre, corre.

El hijo de la pescadora

Azucena y yo teníamos gustos diferentes hasta para los chicos. A ella le gustaban angulosos, llenos de esquinas. Desgarbados, con nariz huesuda y labios estrechos. Nada que ver con mis preferencias. Yo, cada día del verano hacía el viaje desde mi casa a la playa, ligera, saltando como las cabras. Porque allí estaba él, Marco, el hijo de Soledad la pescadora. Tenía los ojos aguamarina y la piel tostada del pan recién horneado. Él me enseñó a nadar y a lanzarme desde El Risco. Me hablaba de las mareas, las corrientes y todo tipo de habitantes de los charcos. Su voz serena me envolvía, me cautivaba y el tiempo corría caprichosamente: se detenía, se alargaba y cuando la tarde jugaba al escondite con el sol, se precipitaba. Desandar el camino era una tortura. Mis pies eran bloques de mármol, por un paso al frente dos de retroceso, mi cabeza mirando atrás hasta que él se convertía en un grano de arena. Por la noche, con las manos apretadas entre mis muslos, bastaba cerrar los ojos y su imagen aparecía con todo detalle y un desfile de hormigas me recorría el cuerpo.

Su madre era una mujer morena, de pelo muy largo que recogía en un moño en lo alto de la cabeza. Le servía de almohadilla para apoyar la cesta llena de pescado que subía, ladera arriba, para venderlo en el pueblo. Pregonaba: "¡Pescado fresco!". Y las madres salían a la calle y levantaban las algas que cubrían el pescado y hablaban todas a la vez preguntando precios y rebajas y si la mercancía era fresca. Soledad retrocedía ante el ímpetu de las mujeres y su cara perdía el color. Hasta el moño-cojín se tambaleaba ante el asalto. Sobresaltada, recogía el dinero y la cesta y casi volaba sobre las puntas de sus pies camino de regreso a la seguridad de la costa. Hasta la próxima vez que los barcos volvieran con sus capturas.

Hubo un día que los barcos llegaron rebosantes de atunes gigantescos. Fue tal la alegría que las pescadoras se lanzaron al agua. Sus trajes de flores flotaban como plantas acuáticas. Los niños aplaudíamos y gritábamos. Las risas se mezclaban con las lágrimas. Allí mismo, en la playa, empezó la venta. Los vecinos del pueblo no esperaron a la pescadora. Comenzaron a bajar en romería. Se hicieron fogatas y se cocinó el atún sobrante. De la nada salieron guitarras, timples y chácaras. Todos nos sentíamos eufóricos. Formando parte de algo. No sé bien de qué. Los atunes limaron asperezas, despertaron simpatías, alentaron besos.

Otras veces, el mar pedía cuentas y cobraba tributos. Rafael, el padre de Marco, era un hombre seco. Duro. Cuando no salía a pescar dedicaba el día a repasar las redes, retocar una a una las letras del nombre de la barca o fumar sobre una roca, la mirada fija, sin pestañear. La desesperación hizo que saliera una noche de mar agitado y olas como montañas. No volvió. A Soledad el nombre se le vino encima, con tanta fuerza que esta vez se rindió. Se cubrió de negro de pies a cabeza. Dejó de hablar. Tapió cada resquicio por donde se pudiera colar la visión del mar. Hasta se sentaba de espaldas a él. O ella. Esa mala puta que se llevó a su hombre. Que solo le devolvió algunas de las letras retocadas, una y otra vez, de su barca.

La vida ha pasado y cuando nos cruzamos, solo nuestros ojos atestiguan a favor de los niños que fuimos. Pero aún, una brisa marinera me revuelve el pelo, el salitre atiranta mi piel y su voz me llega cálida, susurrante como al agua que golpea en la orilla abrazando a los *callaos*.

El maleficio

Mamá era una mujer alegre. Le gustaba cantar y hacer bromas. Mientras me cepillaba el pelo me contaba historias que iban marcando la vivacidad y la duración del peinado. Algún tirón en la parte más emocionante y mucha suavidad cuando nos deslizábamos hacia el final. Yo siempre me inventaba una trenza torcida o un mechón suelto para sentir sus manos y sus palabras revoloteando en mi cabeza.

Mi madre reía, sobre todo, con sus ojos verdes. Esos que se volvían dos cuevas vacías cuando la tristeza la cercaba y me impedía llegar a ella. Perdida. Ausente.

Con el tiempo fui temiendo, cada vez más, su alegría. Cuanto más reía, cuanto más cantaba, mayor era la pelota de cemento que crecía en mi barriga. Mayores mis mentiras para faltar al colegio, quedarme en casa y ayudarla a esquivar su desolación.

La vigilaba a escondidas hasta que veía sus ojos nublarse como un día de invierno. Su cara convertida en máscara de mármol. La congoja me apretaba la garganta con tanta fuerza que las palabras no encontraban la salida. Las palabras que gritaban desesperadamente en mi cabeza. Las palabras mágicas que querían romper el maleficio y traerla de nuevo a la luz.

Don Vicente

Cada mes visitaba al médico, aun sabiendo que era una pérdida de tiempo mi madre me obligaba a ir. Ahora que tengo catorce años voy sola. Bueno, me acompaña Azucena. Los demás pacientes nos miran mal porque convertimos la larga espera en una fiesta. El médico es viejo y grisáceo. Con venitas rojas recorriendo su cara. En cada ocasión cambia el diagnóstico y el tratamiento. A veces creo que tampoco recuerda quién soy. La gente le quiere a pesar de todo y le llaman *doctor* o don Vicente.

Pasa más tiempo en el bar que en la consulta y por eso, rara vez, atiende a todos los pacientes que tienen que volver otro día. La camarera le recibe con el whisky disfrazado de café con leche. Él coloca el taburete con mimo, limpia restos microscópicos de la barra y se lo toma a sorbitos, como si quemara.

La espalda erguida dentro del suéter desgastado, el pelo grasiento y repeinado. Con sus dedos amarillentos sostiene el cigarro. Entre el humo, la mirada de compasión de la camarera lo golpea justo en el centro de su dignidad. "¿Ya se va doctor?", la oye decir mientras escapa.

El zapatero Pata de palo

De todas las aventuras que emprendíamos, Azucena y yo, había una que nos hacía temblar y reír por igual: la visita a la cueva del zapatero *Pata de palo*. Desde el momento que dejábamos atrás las casas del pueblo y entrábamos en el callejón estrecho que llevaba a la zapatería, el corazón y la fantasía se desbocaban. Desde la puerta, temerosas de entrar en la oscuridad, veíamos las velas colgantes de cuero y caucho. Al timón, frente a una diminuta caja que hacía las veces de mesa, llena a rebosar de objetos extraños y punzantes, estaba él: Goyo el zapatero. Se sentaba con la espalda recta, tan recta como la pata de palo que estiraba a ras del suelo. Estaba rematada con un piececito de goma negra, con sus deditos y todo. Yo siempre me juraba que no iba a mirarla, pero mis ojos desobedientes se clavaban en esos dedos minúsculos y los contaba uno a uno, en un intento de aparentar una calma que no tenía.

Azucena y yo, asustadas y expectantes, siempre seguíamos el mismo ritual: quedarnos clavadas en la puerta a la espera de que Goyo nos hablara y, ante su silencio huraño, ir entrando poco a poco, cogidas del brazo, pegadas como lapas en la roca y hacer que buscábamos algo en ese mar de zapatos olvidados. Zapatos desparejados, unos negros, grises y marrón fraile, tristes y viudos. Otros, vistosos solteros, azules, rojos y amarillo girasol. Tanto él como nosotras sabíamos que allí no había ninguno que nos perteneciera y, aunque estábamos alerta siempre, de manera inesperada, su voz oscura y rasposa nos lanzaba la pregunta-anzuelo: "¿Qué vienen a buscar ustedes?". Nada. La verdad es que nosotras solo buscamos pasar el rato fuera de nuestras aburridas casas y más aburridas vidas. Así que, sin responder, corríamos hacia la salida y no parábamos hasta estar a salvo en la plaza de la iglesia. Y ahí empezaba la risa nerviosa que terminaba en carcajadas. A veces, esperábamos a verlo salir de su zapatería y le seguíamos imitando sus andares: un paso, un golpe seco, un paso un golpe seco. Y el piececillo al frente, aleteando como la bandera de un barco pirata.

La niña muerta

Hoy nos han dado vacaciones en el colegio. Nos llevan en fila de a dos hasta una casa por debajo de la iglesia. Azucena y yo vamos formando pareja, nos cogemos de la mano y sonreímos nerviosamente. No sabemos a qué viene el día libre de deberes y este desfile por las calles del pueblo llenas de gente. Nos abren paso. Cada niña lleva una flor blanca en la mano libre. Cuando llegamos a la casa entramos a tientas en un pasillo largo y oscuro. Se oyen llantos, suspiros profundos, susurros. Huele raro. Nos pican los ojos y la nariz. Seguimos avanzando hacia la maloliente y ruidosa oscuridad. El llanto amargo de una mujer se eleva junto al humo de las velas que rodean una especie de altar. Allí, de repente, aparece una niña vestida de blanco. Las manos cruzadas sobre su pecho. Es como una muñeca grande o una novia en miniatura. Parece dormida, salvo por el color azul verdoso de su cara.

Me quedo petrificada y acabo rompiendo el tallo de la flor por la fuerza con que lo aprieto entre mis manos. Alguien me empuja levemente hacia la niña muñeca-novia vestida de blanco. Mis pies están clavados en el suelo. Mi cuerpo rígido y tenso. La profesora con voz rabiosamente baja me dice: "Dale un beso". Cierro los ojos y apenas rozo su cara helada. El frío se me clava profundo, profundo, tanto que pasan los años y no consigo librarme de él. El rostro cerúleo de la niña blanca me persigue durante años en forma de pesadillas atroces. Y, desde ese día de vacaciones y desfile, la muerte tiene para mí forma de muñeca gigante o novia diminuta.

El mismo diablo

Ir a casa de Esmeralda era una mezcla de ilusión y miedo, así que cuando Azucena y yo nos quedábamos sin ideas para pasar la tarde, vencían las ganas y allí que nos íbamos. La casa era enorme, llena de posibilidades para jugar al escondite, dar sustos o desaparecer por horas sin que nadie te encontrara.

La cocina era uno de nuestros lugares especiales porque tenía ventanales que daban al mar, una mesa de madera grande y robusta que Esmeralda llenaba de galletas, chocolate, tarta de limón y otras delicias nunca vistas en nuestras casas y alrededores. Lo que amargaba nuestras visitas era Miguel, el hermano mayor de Esmeralda. Al lado de la cocina, en una esquina casi invisible, estaba la despensa a rebosar de exquisiteces, de tentaciones. Miguel era la serpiente en el Paraíso. Siempre aparecía cuando menos lo esperábamos, aparentando buscar algo, haciendo como que no nos veía ni escuchaba, pero de repente se giraba y venía a por una de nosotras. Despavoridas corríamos a encerrarnos en la despensa, pero la frágil cerradura no era impedimento para él, que podía abrirla con un simple cuchillo de sierra. En el tiempo que le llevaba abrirla, reíamos nerviosas, cuchicheábamos con miedo, llorábamos primero bajito y luego ya, cuando él aparecía en la puerta, el llanto era alto y desbordado. Nos apretujábamos al fondo, la pared cerrándonos el paso, y él mostraba su sonrisa más amable mientras decide a quién iba a separar del rebaño.

Esa era su diversión favorita, perseguirnos hasta atraparnos y luego, como un monstruo lleno de brazos y manos estrujarnos, mordernos, sacar esa lengua horrible y chuparnos. Azucena siempre tenía más mala suerte que el resto y la oíamos suplicar mientras intentábamos abrir la puerta o echarla abajo golpeándola con los puños cerrados. Desesperadas, gritábamos: "¡Miguel, déjala salir, Miguel vamos a llamar a tú padre!". Mientras, Esmeralda intentaba abrir la puerta usando el mismo cuchillo, que resbalaba entre sus dedos temblorosos. Cuando Azucena salía detrás de un Miguel sonriente y provocador, estaba pálida, con la mirada perdida y la orina bajando por sus delgadas piernas. Ya se terminaba la diversión, la merienda luchaba por mantenerse en la barriga o salir a borbotones y nosotras de la mano, bajábamos lentamente esas escaleras y sin decir palabra llegábamos a nuestras casas, cada una cruzaba a su lado de la calle y mentalmente nos jurábamos no volver nunca más a esa casa habitada por el mismo diablo.

No me besó

Mamá dijo: "Vete a la cama y descansa. Esto puede durar horas". Pero sus ojos. Sus ojos. "No, mamá, no quiero irme a la cama, papá se muere". Tiene la misma mirada que Canelo cuando se comió la carne envenenada en el jardín de la viuda. Ahí llega otro buitre más al olor de la muerte, a desvalijar la nevera, a contar chistes para espantar los miedos.

Gritaría hasta romper los cristales: "¡Que se vayan, fuera, fuera! ¡No te mueras papá, quién va a jugar conmigo a caballito y pintarle sonrisas a la luna? ¡Ojalá ese perro se callara, es tan insoportable como su dueña!". En cualquier momento oiré su voz de pito, falsa como una moneda de chocolate, diciéndole a mamá que es lo mejor para todos. ¡Bruja, muérete tú!

Cómo es posible, solo fue un momento, apenas una cabezada y se ha ido. Se ha ido para siempre, llevándose el beso que nunca me dará.

Las amigas

¡Qué gran descubrimiento fue la amistad! Azucena iluminó mi vida y cubrió cada uno de los huecos que me mantenían infeliz, sin yo saberlo. Llenó ese vacío perpetuo, tornó esa tristeza rancia en deseos de reír, escalar árboles, crear mundos imaginarios rebosantes de dicha.

Siempre tuve pocas, pero extraordinarias amigas que me han salvado de tantas cosas. Cuando el amor de tu vida te dice repentinamente: "¡Ya no estoy enamorado de ti! ¡Quiero irme!". Y el mundo se desintegra, tú te rompes en millones de micro-trozos, boqueas como un pez fuera del agua y no te importa suplicar: "¡No te vayas! ¿Cómo voy a vivir sin ti?". Ahí están las amigas con sus abrazos cálidos y estrechos, con sus silencios dejándote hablar sinsentidos, secándote las lágrimas y devolviéndote la dignidad.

Las amigas, ¡qué tesoro! Complicidad, apoyo y amor incondicional. Te quieren como eres, aunque a veces ni tú misma te soportes.

Por eso me golpeó tan duramente su traición. Mi vida arrasada, pura devastación. Por eso, no pude perdonarla hasta su muerte.

La traición

Clavo la vista en su pupitre hasta que me duelen los ojos. Pero, un día más, y van nueve, ella no aparece. El aullido del timbre me hace aterrizar y, otra vez, estoy frente a su puerta golpeando sin que nadie responda. La casa es una fortaleza inexpugnable y deshabitada aunque, alguna vez, me parece atisbar una sombra detrás de las ventanas cerradas. Me siento como el niño que quiere sacar a una tortuga de su caparazón. La última vez que nos vimos estaba rara. Distraída. Forzó la risa cuando le hablé de la relación con Andrés. La carcajada se quedó en graznido y tuve que agarrarla por los brazos y sacudirla para que volviera en sí.

Ante mis suplicas, Azucena lo negó todo: "¡Estás loca! A mí ese tío me da grima. Créeme, no me interesa lo más mínimo. Me aburre y además es bajito y feo. Pero me sirve de coartada ante las sospechas de mi madre. Tranquila, todo sigue igual, sueño con que el año próximo tengamos piso y vida propios. Mañana nos veremos en clase y después hablamos tranquilamente".

Quiso reírse otra vez, mientras daba media vuelta y salía en estampida. De eso hace nueve días. Nueve días que no como, no duermo y me levanto por la noche a escudriñar entre las persianas algún atisbo de vida en la casa de enfrente. En el pueblo los rumores van creciendo. Le grito a mi madre que se calle. Que Azucena y yo tenemos nuestros planes. Que todo eso es mentira.

"¡Mentirosa, mentirosa!", pero ya no sé a quién se lo digo.

Han pasado dos semanas cuando me cruzo con su madre en la venta. Me mira desde su altura con los ojos llenos de satisfacción mientras sigue su charla con la ventera: "Pues sí –la mala leche cubriendo las palabras–, mi niña se casa. No, no está enferma. Prefiere pasar estos últimos días tranquila. Sí, está muy enamorada. Feliz".

Lo siguiente que recuerdo es la boca abierta de mi madre, las aspas de molino de sus brazos, en una triste película muda. En eso se convirtió mi vida. En una mala farsa en blanco y negro. Me arrastraba hasta el instituto. Fijaba los ojos en su silla. Rezaba para que apareciera con su sombrero de rizos negros. Al final de la tarde me encerraba en mi cuarto y vigilaba detrás de las persianas. Esperaba. Esperaba confiada en que ella despertara, cruzara la calle y me pidiera perdón por el equívoco.

De vez en cuando, luchando contra el miedo golpeaba su puerta. La llamaba hasta quedarme ronca. El silencio me retornaba a casa. Y vuelta a empezar. Una tarde de diciembre las amigas me forzaron a salir. Hablaban, reían, hacían bromas. Todo era ruido para mí. Andrés apareció de repente. La risita bailando en su boca. El triunfo en sus ojos.

Apoyó las manos en la mesa, se inclinó hasta casi tocar mi cara y escupió el veneno: "¿Sabes?, tu amiga y yo vamos casarnos. Ah, se me olvidaba: ¡está embarazada de cinco meses!".

Agoté mi reserva de lágrimas, perdí el gusto y el olfato. Me encerré tan profundamente en mí misma que pocos años después había terminado el bachillerato y todo contacto con la gente. Esperé a la celebración de mi 18 cumpleaños y ante el espanto de mi madre anuncié que me iba ese mismo día. Juré que no volvería nunca más. Ni muerta.

Me exilié. Mi familia se rindió al tiempo y el contacto se redujo a las ocasiones inevitables. Me llegaban noticias de Azucena, cada vez más negras. Andrés, su marido, la maltrataba de todas las maneras posibles. Se paseaba orgulloso por el pueblo de la mano de viejas extranjeras. La humillaba en público hasta el punto de que ella había dejado de sonreír y hasta de hablar sin su permiso. Me contaban que cada vez se hacía más pequeña, más temerosa. Apenas salía de casa. Las persianas siempre cerradas. No hablaba con nadie. Enterrada en vida.

Reconozco que sentía cierta satisfacción mezquina al saber de su desdicha. Ella lo eligió a él. Cambió nuestros sueños de ser distintas a todas las demás. Ser libres. Todo lo cambió por ese remedo de bailarín sin fortuna que disfrazaba las prohibiciones de pruebas de amor. Ese bufón que no engañaba a nadie, más que a ella. Ese hombre la convirtió de nuevo en una jirafa asustada detrás de las rejas.

El libro de recetas

Me refugio en la azotea. En el mismo rincón donde nos ocultábamos para avanzar cada día un poco más en el camino del pecado. Evitábamos mirarnos mientras nuestros dedos se turnaban, en riguroso orden alterno, para explorar profundidades, subir leves colinas o rastrear la selva incipiente entre nuestros muslos.

"Tssii, Tssii", la madre de Azucena, desde el otro lado de la calle, me hace señas para que baje. Es la segunda vez que entro en esa casa por la puerta principal. Todo está igual. Las sillas enfundadas en el plástico protector que se pega al culo como un calamar gigante. Los pisos, lagos profundos que repiten las imágenes como un caleidoscopio. La misma casa escaparate de mi infancia. La misma bruja que la habitaba me tiende una pequeña libreta: "Toma, la dejó para ti. Cuando entierre esta tarde a esa negra-fea no quiero acordarme más de ella. Nunca hizo nada para recordarla".

El cuaderno es un libro de recetas. Frágil como alas de polilla. Mi primer pensamiento es guardarlo, pero el desconcierto puede más. Azucena sabía perfectamente que yo odiaba cualquier cosa que tuviera que ver con la casa y, sobre todo, aborrecía cocinar. La primera receta tenía por título: *El óxido de la rutina* y empezaba: "Una manera más entretenida de pasar el tiempo y ponerse a salvo de los tormentos del día a día es…". ¡Ya no pude dejar de leer! En cada página una Azucena inesperada hacía subir y bajar mis emociones como los caballitos de la feria cuando éramos niñas. Cuenta que día a día espera que la puerta se cierre tras sus hijos y su marido para coger el único libro que tiene en casa, restos de su vida de estudiante que acabó en el primer curso de bachillerato. Era de lectura obligatoria y ella ni siquiera llegó a abrirlo. Pero después, cuando los días se medían por la salida y la vuelta de sus hijos y ella acababa de sacar brillo a cualquier cosa, se quedaba sin rumbo. Hasta que se encontró el libro. Ahora se levanta más ligera, hace camas, corta verduras, riega flores, se retoca la ropa y el peinado y corre hacia el estante de la cocina para encontrarse con el libro de recetas y con él: Florentino Ariza. Ese hombre que espera incansable, año tras año, una simple mirada de reconocimiento de Fermina Daza. Creyendo que el tiempo no pasa para él sino para los demás. Anclado en la época en que fue feliz.

Azucena reconoce en cada párrafo la vida que soñó tener antes de que las miserias de la rutina matrimonial empezaran a ahogarla. Se alimenta de las páginas del libro hasta recitar de memoria párrafos enteros. Mantiene conversaciones con los protagonistas. Responde a las cartas de Florentino Ariza, para aliviarle el dolor ante el silencio de Fermina Daza. Se emociona con la insistencia de él en perpetuar el pasado y se imagina en sus brazos cuando finalmente se encuentren.

A veces, sorprende inquietud y suspicacia en los ojos de sus hijos y Azucena sonríe al borde de las lágrimas porque no sabe cómo decirles que está planeando dejarles. Irse lejos, con ese hombre que la ha esperado año tras año, incansable.

El velatorio

La entrada al tanatorio, impoluta, luminosa, semeja el hall de un teatro. La recepcionista, con voz neutra y metálica, me dice que Azucena está en la sala 1B. Desconcertada la miro buscando en su cara cualquier atisbo de burla. Pero no. Con su perfil de hiena me indica el camino y yo, temerosa, arrastro mis pies hacia allí.

De sopetón me topo con una turba de jóvenes desconsolados. Es su primer muerto amado. Lo gritan sus lágrimas, sus abrazos y, sobre todo, sus ojos perdidos y su andar errático. Atravieso ese mar de dolor y llego a la sala indicada. Está tan llena que temo que en cualquier momento la gente empiece a subirse una sobre otra como las palomitas en el microondas.

Busco a Azucena para cogerla del brazo, llevarla a un rincón y reírnos a gusto de esta mala comedia. Pero ella es la estrella. Dentro de la caja. Tras el cristal. Como una bella durmiente. Sola. Callada.

Recuerdo el día que la conocí. Espigada y temblorosa como un arbolito, escondida detrás del follaje de sus rizos. Nos cruzamos en el umbral de una puerta que se abría para las dos. Éramos opuestas, pero nos volvimos imprescindibles la una para la otra. Mi mitad. Su mitad. El silencio y el trueno. El lago en calma y el mar furioso. Me impresionó la hondura de su tristeza detrás de aquellos ojos vivos que se abrían camino hasta tocarte el corazón y ya solo podías quererla.

Antes de su llegada, vimos durante meses cómo se transformaba el solar vacío en una casa nunca vista en el pueblo y sus alrededores. Nos acostumbramos a verla cerrada. Cuando las hierbas resecas se instalaron en el jardín y los colores de la fachada estaban desvaídos, la casa perdió todo interés. Hasta que el vecindario se llenó de rumores. Estaban entrando muebles, baúles, colocando cortinas. Los indianos venían en unas semanas a ocupar la casa vacía. Cada ruido sospechoso nos hacía salir a la calle gritando: "¡Ya están aquí!". Y un día aparecieron en la casa. Nadie les vio llegar. Nadie les oyó.

La recuerdo salvaje, morena, huraña, semioculta detrás de las rejas del jardín. Estuvimos vigilándonos durante días. Como el gato y el ratón. Si yo iniciaba un movimiento hacia ella, se descolgaba de la reja y desaparecía más rápida que un parpadeo. Otras veces respondía a mis sonrisas con muecas y burlas. Peleaba con los hermanos a patadas y mordiscos. Pero, en ocasiones se aliaba con ellos y nos tiraban piedras que teníamos que esquivar para no acabar con la cabeza abierta.

Usaba ropa pasada de moda, desteñida y estrecha. Los pantalones le dejaban los negros tobillos al aire y los pocos trajes que vestía le aplastaban el pecho incipiente. El pelo era greña millo que trataba de domar llenándolo de trabas. Cada día camino del colegio, ella por un lado de la calle y yo por otro, nos vigilábamos estrechamente. Hasta que decidí impresionarla y subí al muro que bordeaba el puente y lo recorrí con una fingida despreocupación. A partir de ahí cruzamos la calle y las primeras palabras y nos convertimos en inseparables.

Y ahora estoy aquí, con los dedos aferrados a lo único que me queda de ella. Las palabras que escribió pensando en este día. Abro la boca en busca de aire y le pongo voz a su despedida.